天堂里的妈妈

天国のお母さん

【金子美铃诗歌全集】

〔日〕金子美铃 著

白雪 译

中国妇女出版社

看万物生长

第一辑
小困惑

第二辑
孤单的公主

第三辑 编织的故事

第四辑
知更鸟的城市

小困惑

第一辑

我

不管何处
都存在着我
除我之外
还存在着另一个我

在街边小店的玻璃窗上
在家中的时钟里
在厨房的水缸中
在雨天的路面上

然而不知为何
不管在什么时候
那天幕之中
却找不到我

女娃娃

女娃娃
理应
不爬树不捣蛋
才对啊

如若骑了小竹马
便是粗野小丫头
如若抽陀螺玩耍
便是一个大呆瓜

我之所以全知道
因为所有这些话
都是我曾经挨过的骂

若为花一朵

若我为花一朵
定是个乖娃娃

不能言
不能行
又能如何去调皮

然而如若有人身旁过
轻斥我是讨厌的花一朵
我便会即刻气恼地枯去

若我为花一朵
依然做不成乖娃娃
还是别成为花了吧

若我身为男儿

若我身为男儿
便立志成为一个
漂泊于海天之间的海盗

我要给船身涂成海蓝
为它悬挂起天蓝的帆
无论去往何方
无人知是我来

漂荡于浩渺海洋
若偶遇大国巨轮
我便威严呐喊
“海潮啊
翻涌吧”

若邂逅小国之舟
我便平和告知
“请诸位将故乡传说
每人留存一个给我”

然而此种调皮事
唯有闲散之时方可做
重中之重的工作
是要寻觅到
那些将传说中的宝藏
悄悄运回“往日”之国的
坏家伙的船

若能找到那些船
我定要勇猛地赢得这一仗
定要让宝藏齐齐无恙
可以隐身的斗篷
充满魔法的神灯
会歌唱的神树
还有那一步七里的皮靴……

我的船儿
满满当当
海蓝的船
满风的帆
于碧空下
于蓝海间
继续远航
我和我的船

若我身为男儿
我必将了此心愿

魔术师

就在昨天
我做了个决定
长大之后
要做一个魔术师

就在昨天
我看了场魔术表演
眼睛一眨也不眨
手套变成了鸽子
鸽子变成了玫瑰花

创　造

鸟儿拾稻草
搭建起鸟巢
稻草啊稻草
又由谁创造

石匠采大石
雕刻墓前碑
大石啊大石
又由谁创造

我挖起沙粒
堆铺成盆景
沙粒啊沙粒
又由谁创造

小小猎人

我是个小小猎人
我是个神枪手

小巧猎枪杉木制
子弹悬于树枝头

绿色猎枪肩上扛
匆忙行在山径上

作为善良的小猎人
赶在别的猎人前
迅速穿梭人群间
朝鸟儿射出绿子弹

绿色子弹轻轻打
鸟儿受惊四散飞

此时鸟儿会气恼
可我内心在庆幸

我是个小小猎人
我是个神枪手

绿色猎枪肩上扛
匆忙行在山径上

指　甲

拇指的指甲啊
扁扁的面庞
肃穆的模样
和老师很像

食指的指甲啊
歪斜的面庞
欲泣的模样
和马戏团的小丑很像

中指的指甲呀
圆润的面庞
微笑的模样
和熟悉的姐姐很像

无名指的指甲啊
方正的面庞
沉思的模样
和路上的叔叔很像

小指的指甲啊
纤瘦的面庞
似曾相识的模样

我的头发

我的头发泛着微光
只因奶奶常常爱抚它

我的鼻子又矮又塌
只因我没事爱哼唱

我的围裙干净洁白
只因母亲时常清洗它

我的肌肤暗暗沉沉
只因我吃了那炒豆啊

心

妈妈早已长大
比我高出许多
然而呢
她的心真小啊

只因妈妈告诉我
心里只有个小小的我

我还没有长大
个子小小的
不过啊
我的心很大呢

因为在我心里面
尚未被母亲填满
还有琢磨其他事儿的空间

好 事

破烂不堪的土墙
倒下了
露出坟墓一片

路的右手边
山的脚底下
墓碑们望见了海

始终觉得
这是好事一桩
每每经过这里
总是满怀欣喜

愿　望

深夜时分
昏昏欲睡

那就这样吧
那就这样吧
那就睡下吧
深夜的屋子里
会有红帽小人儿不速而至
静悄悄地替我完成数学作业

我知道
那聪慧的小人儿
定躲在某个地方

幸 福

身穿桃红衣
幸福独自泣

夜深叩窗门
孤寂无人知
黯淡灯影间
母亲正颓唐
孩童身有恙
我心忽悲伤

继续往前行
下个路口处
轻叩别扇门
足迹遍全城
家家闭门户

月沉后街处
幸福独自泣

偶　尔

我来到了
能看见家门的转角处
忽然想起
那一件事

那一件事
让我和妈妈
不欢而散

是这样的
妈妈曾说
“傍晚之前
不能离家”

可是
伙伴们找到我
我忘了妈妈所说的
外出玩耍去了

尽管有些不开心
但妈妈的话
还是要听的

无论如何
妈妈还是很爱我
我又开心起来了

微 笑

它身披曼妙蔷薇之色
它细微甚于罂粟之籽
它跌落于大地
如星火般绽放出
花儿朵朵

泪珠会唰唰掉落
若微笑也能如此
一定会美轮美奂

都喜欢

多想让自己喜欢上
这样和那样
各种各样

那葱
那番茄
还有那小鱼
我定要全都喜欢上

只因我家的饭菜
出自母亲一人手

多想让自己喜欢上
这样和那样
各种各样

那医生
还有那乌鸦
一个都不落
我定要全都喜欢上

只因这世间万物
皆由上天缔造出

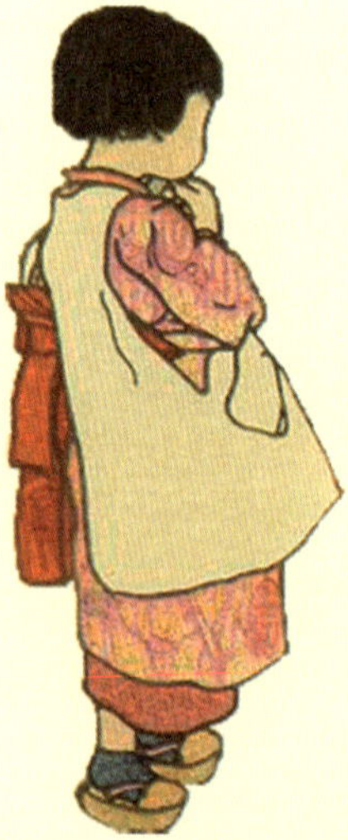

小困惑

我被家人责备了
说我是女娃娃一个

还说
哥哥是妈妈生的
我是捡来的
无父无母的娃娃一个

真正属于我的家
在哪儿呢

怪事情

我内心很是好奇
来自乌云的雨滴
银光闪耀不停息

我内心很是好奇
被食用的绿桑叶
育出雪白蚕宝宝

我内心很是好奇
无人触碰的葫芦花
独自闷声绽开了花

我内心很是好奇
所问之人皆笑答
“都是理所当然呀”

尊贵的女孩

渐渐没了踪影
向我问路的过客
背影匆匆远去
留下我一脸茫然

我一直觉得
尽管可以
将自己想象成
故事王国的公主
可我依然是
清贫的乡村女孩

“谢谢你，尊贵的女孩”
匆匆过客感谢着我
我情不自禁
环顾起四周
那个时候
心里有些怪怪的

谁愿对我吐真言

谁愿对我吐真言
对我说一说
与我有关的事
某个阿姨将我夸
可她嬉笑
似不认真

谁愿对我吐真言
花朵听问直摇头
不怪它们不清楚
它们生来美如图

谁愿对我吐真言
鸟儿被问飞四散
定然是我问错了话
它们才会缄默飞远

谁愿对我吐真言
想问妈妈觉尴尬
（我到底是惹人爱的乖娃娃
还是招人厌的坏娃娃）

谁愿对我吐真言
对我说一说
与我有关的事

孤单之时

我孤单时
不为人知

我孤单时
伙伴正欢歌

我孤单时
母亲呵护备至

我孤单时
佛亦如此

被忘记的歌

如今我又回到此地
蔷薇盛放的野山
那首已被遗忘的歌
在脑海浮现
如梦遥远
令人惦念
那首摇篮曲啊

若哼起那旋律
野山之门会应声而开吗
昔年昔日的母亲啊
是否会来到我跟前

如今的我
孤立草间
如今的我
远眺海面
回忆着
“银光闪闪的小船
金光灿灿的船桨”
在此句之前
在此句之后
终究回忆不起的
摇篮曲啊

摔倒的地方

之前有一次
买完东西归家途中
在这儿
我摔了一跤
我兀自坐在地上抽泣

那个阿姨
上次见到我哭鼻子
今日又在小店里相遇

桃太郎啊桃太郎
能不能借我
你的隐身衣

争吵过后

剩下我一个人
只剩下我一个人了
这个时候
有些孤单了呢

我没有犯错啊
是那个小孩先说出口的
不过有些孤单了呢

洋娃娃也在独自待着
我抱起它
依然孤单落寞

枣花朵朵飘散开
我感到愈加孤单了呢

不欢而散

和伙伴不欢而散
我刻意在这里
藏了起来

没有人来找我
这是为什么呢
是真的
不想找我了吗

露天电影
开始在远处放映
隐约听见了
音乐的声音

情不自禁
泫然欲泣

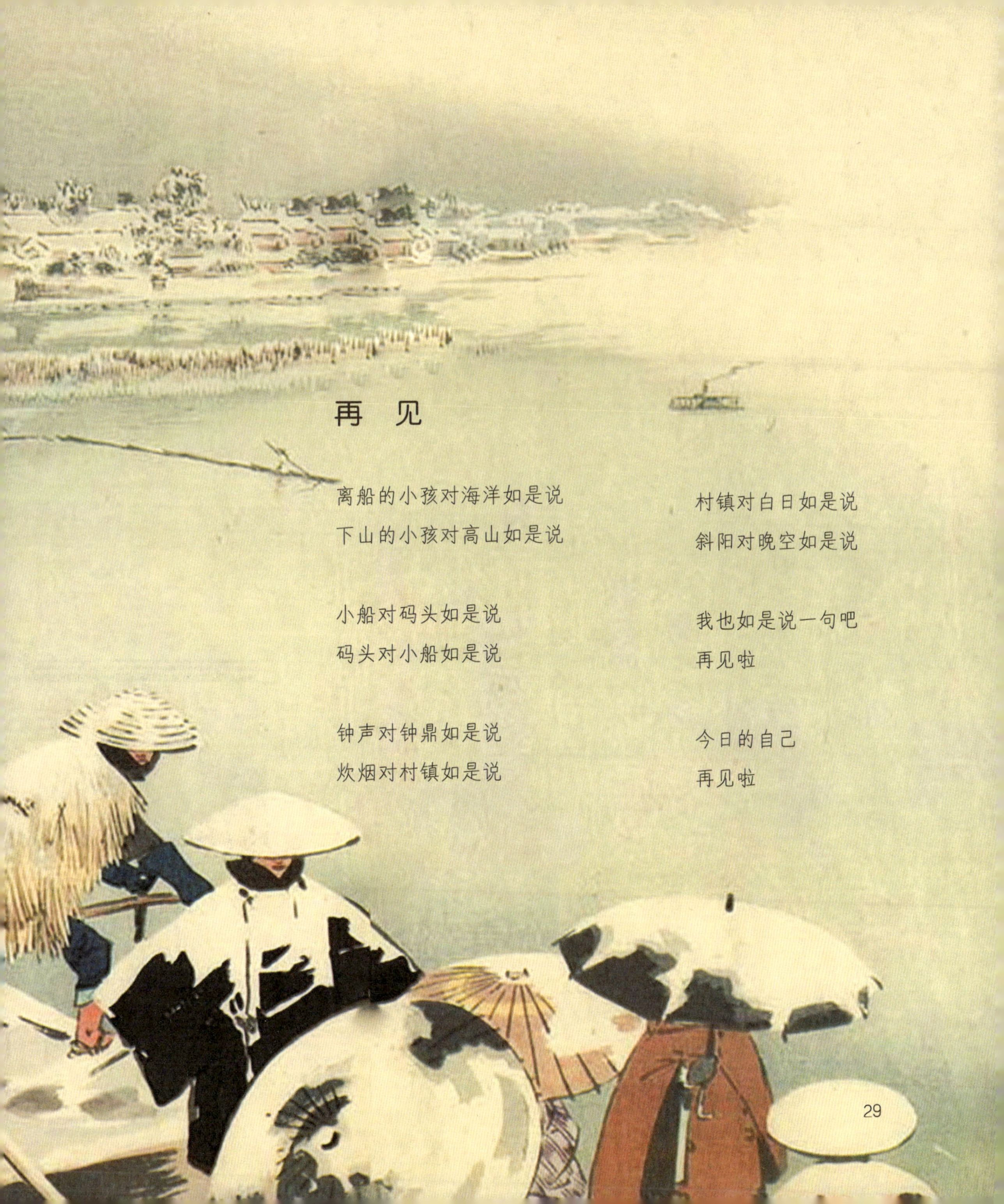

再　见

离船的小孩对海洋如是说
下山的小孩对高山如是说

小船对码头如是说
码头对小船如是说

钟声对钟鼎如是说
炊烟对村镇如是说

村镇对白日如是说
斜阳对晚空如是说

我也如是说一句吧
再见啦

今日的自己
再见啦

再　会

妈妈啊妈妈
请您等一等
我还有事没做完

马厩中的小马驹
鸡窝里的大公鸡
我去跟它们道个别

倘若遇上
昨日见过的砍柴叔叔
就去深山游玩一圈

妈妈啊妈妈
请您等一等
还有些事记起来

回城再也看不见
红色蓼花和露草
各种各样的花草啊
我要细瞧每张脸
深深印在我心间

妈妈啊妈妈
请您等一等

眼泪虫

依稀听人唱起过
“眼泪虫，讨厌鬼
捻起来，丢出去”

静静悄悄看四周
樱花新绿枝叶上
恰栖一只小毛虫

旋转塔[1]影投于地
体育场空无人迹

远方的学校里
风琴声声唱幽静
事已至此

家已回不去
抚弄樱叶
我兀自叹息

---

[1] 旋转塔：游戏设施的一种，几根铁索从立柱顶上垂下来，玩的时候用手抓着铁索绕着立柱转动。——译者注

风　寒

清风中
芬芳四溢的
橙花

橙园中
橙树间
是我昨日新建的
秋千

今日我患上风寒
病卧床间
刚才来的胡子医生
所开之药
会很苦吗

洁白的
芬芳的
橙花啊

歌

风寒好了之后
外出走了一走
人们都还身着单衣呢

谁人在歌唱
耳朵竖起来——
“嗨咦，嗨咦”
唱的是什么
未能听明白

双手插在袖子里
伴着歌曲遥望山林
满山尽是
红叶的身影

冻　疮

痛痒点点暖冬日
屋后门外茶花开

摘一朵戴在发间
望一眼我那冻疮
猛然间觉得自己
仿若故事中失去母亲的娃娃

就连那清透的蓝天
也开始令人倍感孤单了

手指受伤了

雪白绷带
紧密绑扎着
望之觉痛
我泪眼婆娑

借来了姐姐的彩带
红白波点缠在手上
我那受伤的手指
竟成了乖乖的布娃娃

指甲盖上画了画
一张小脸出现啦
时间悄无声息过
疼痛早已忘却了

肉　刺

舔舐吸吮皆觉痛
肉刺生于无名指

脑海中浮现出
姐姐从前说起过
“手长肉刺的小孩
都是顽皮的娃娃”

难道是因前日里
我曾胡乱发脾气
或是因在昨日时
未帮母亲做家事

若是对母亲说声
对不起
疼痛可会消失去

第二辑

孤单的公主

海里的妈妈

妈妈，妈妈
请等一下
那边是大海啊
你快看啊
这里有港口
椅子就是
停靠在港口的小船

妈妈，妈妈
坐上小船
从这里起航吧

哎呀呀
不行不行
不要走到海里去
快浮起来换换气
妈妈，妈妈
不要笑啦

真的真的
快上船啊

妈妈最终还是
走向了海里
可是没关系
妈妈真了不起
可以一个人
在海里走来走去
了不起吧
了不起啊

天堂里的妈妈

傍晚山坡上
独自看霞光
突然回想起
那个曾去过的神社

抬头便望见
幽暗窗格间
彩云上坐着
吹笛的神仙
和蔼可亲的模样

我的妈妈
定然也在那
曼妙彩云上
身披薄纱衣裙
伴着笛声
翩翩起舞

凝望着霞光
好似有笛声
从远方飘来

月儿和姐姐

月儿跟着我走
好乖的月儿啊

若是能夜夜
高悬于天幕
那就是更乖更乖的月儿了

姐姐跟着我笑
好棒的姐姐啊

若能一直闲暇
陪我玩耍
那便是更棒更棒的姐姐了

哥哥被责骂了

哥哥被责骂了
我一直站在原地
将衣角的红色衣带
系上又解开
解开又系上

不过啊
在房子后面的空草坪上
小伙伴玩跳房子的游戏
和鱼鹰的鸣叫声
一刻也未停

奶奶病了

奶奶患了病
小院的草又长出来了

清晨花开
剪下一枝
插于佛龛前
月季叶，满身洞
牡丹花，半凋零

隔壁的一只小鸡
歪着脖子走过来
看看这里
看看那里

日间的静谧
秋风阵阵来袭
家里的屋子就像是
无人居住之地

向大海走去

爷爷向大海走去
爸爸向大海走去
哥哥向大海走去
他们向海的彼岸走去

海的彼岸
应该是个好去处吧
他们都一去不回了

让我快点长大吧
等我长大了
也要向大海进发
向彼岸进发

邻家孩童

蚕豆手中剥
双耳竖起来
邻家的孩童
正在被责骂

心想去偷瞄
又觉得不太好
手捏蚕豆米
出门瞧一瞧
手捏蚕豆米
悄然又溜回

何错以至此
让大人恼火
邻家的孩童
正在被责骂

转校新生

从外地转来的
那个新生
是乖巧的孩童
如何能变成
她的朋友

午间休息的时光
不经意间看到
那孩童
倚着樱花树

从外地转来的
那个新生
一口外地方言
我应如何言语
才能与她搭话

放学归家的途中
猛然间看到
那孩童
已有了朋友

鬼味增[1]

鬼味增是个胆小鬼
在家总是横行霸道
一出门玩耍
总哭着回家

鬼味增是个胆小鬼
究竟为什么
只敢欺负家中小妹

鬼味增是个胆小鬼
和谁一起玩呢
鬼味增
咸面酱

[1] 鬼味增：日本咸面酱，传统美食的一种，常用来比喻外强中干之人。——译者注

陌生的阿姨

杉树篱笆间
向外张望去
陌生的阿姨
正经过这里

小阿姨——
我喊道
好似与她相识
她回眸一笑
我欣喜若狂
四目相看
两人皆欢颜

陌生的阿姨
人真好啊

娇艳盛放的石榴花
将她的背影
慢慢遮掩

卖鱼的阿姨

卖鱼的阿姨
请微微偏下你的头
让我为你将花戴
山樱花儿一朵呢

阿姨啊
你那一头秀发
不曾戴花
也不曾戴星形的发夹
什么都不戴的话
太过素净啦

你看啊
阿姨
你那一头秀发上
戴着美丽花一朵
堪比戏中公主钗
盛放的山樱花啊

卖鱼的阿姨
请微微偏下你的头
我为你把花戴
山樱花儿一朵呢

出海打鱼的叔叔

出海打鱼的叔叔
能不能
带我一起出海去

你瞧
就是去到
翻涌着绚烂云霞的
海的那端

为了表达谢意
我将唯一的洋娃娃送你
还有一条好看的
小小的金鱼

出海打鱼的叔叔
请带我一起出海去

开花店的老爷爷

开花店的老爷爷
天天都在将花卖

开花店的老爷爷
看上去有些孤单
似锦的鲜花
都已被卖完

开花店的老爷爷
天色渐晚
独自一人往家返

开花店的老爷爷
做了个美好的梦
卖掉的鲜花
又与他相见

魔术师之手

桃子里蹦出个桃太郎
甜瓜里跳出个瓜公主

鸡蛋里钻出只小鸡崽
种子里萌出了小嫩芽

群山间变出了万里朝阳
海面上变出了入云之峰

白鸽从魔术师手中
振翅而出

我也是从某位魔术师手中
变幻而出的吗

痴爱黄金的国王

痴爱黄金的国王
纯金打造了宏大宫殿

国王轻触玫瑰花
转瞬变出了黄金花

国王拥抱小公主
转瞬变出了黄金人

国王之手所及之处
皆成了黄金模样

不过啊不过
就算是那时候
天之蓝永远如初

僧　人

浪花朵朵
河畔小径

轻轻牵了下我的手
一个陌生的行脚僧

莫名的
我觉得
那是我父亲

事情发生在
很早很早之前
光阴似箭
时过境迁

那一天
河畔小径
一只螃蟹爬过
步伐矫健

那一天
夜空高悬
皓白满月
如蒲公英一般

强盗与月亮

强盗十三个
来自北山上
黑乎乎的小纵队
打算侵占小村庄

浑圆的月亮
来自东山上
银闪闪的光芒
洒满了小村庄

黑乎乎的小纵队
化身银闪闪的队伍
在不为人知的时候
穿行于银色小村庄

强盗十三个
没有寻见小村庄
还弄丢了
归家的方向

天上泛着银光
地上泛着银光
强盗十三个
哭哭啼啼的模样
“咯咯咯”
雄鸡开唱

电影宣传队

电影宣传队
越来越近了

回头看了看妈妈
妈妈埋头做着针线活呢

电影宣传队
已到院外了

跟妈妈说句“抱歉啦”
或者悄悄溜出去看看吧

电影宣传队
越来越远了

水手和小星星

水手仰望着小星星
小星星嚷嚷着
“快来啊，快来啊”
疾风劲吹
海浪汹涌

水手目光如炬
不畏风雨
不畏浪急
掉转船头
向小星星驶去

水手登上海岸
心中还牵挂着
“小星星啊，小星星啊”
纵然它们远在天边

汹涌的海面
水手已不在其间
海浪愈加怒火冲天

山中的娃娃，海边的娃娃

来自深山的娃娃
你在城市见过什么

日暮下的十字路口
人群熙来攘往
好似山林人家点起的灯火
地上滚着一枚茱萸果

来自海边的娃娃
你在城市见过什么

电车驶过小水洼
蔚蓝天空倒映其间
好似白日落寞的星
水面显现鳞状的云

女娃娃和男娃娃

红传单，飞满天
蓝传单，飞满天
齐齐落在了
春天的大街小巷间

一个女娃娃
拾起红传单
折出个小人
安放石床上
她把摇篮曲
轻轻地哼唱

一个男娃娃
拾起蓝传单
朝着家方向
迈开腿就跑
一路口中喊
“电报啊电报”

重归于好

紫云英盛放的田埂上
飘散着暖春霞光
那边站着个小姑娘

小姑娘手握紫云英
而我正摘着紫云英

小姑娘莫名咯咯笑
我也跟着她
呵呵笑起来

紫云英盛放的田埂上
飘散着暖春霞光
还有云雀在喳喳吟唱

模 仿

——没有父亲的孩童

“爸爸
能教教我这个吗”
那个撒娇的孩子
对他父亲如是说

归家途中
那个没有父亲的孩子
蜷缩在篱笆墙的角落

“爸爸……”
轻轻地模仿着
有些羞涩
有些无措

篱笆里的白木槿
似乎偷偷地笑了

光脚的小孩

步履蹒跚
步履蹒跚
光脚的小孩啊

手拿破草鞋
行于麦田小径间

一跃而起方可见
远方之河
田间豆花
一跃而起的刹那
麦子好似也跃起啦

路旁开出了紫云英花
油菜花也怒放啦
摘一朵右边的花
摘一朵左边的花
手拿着破烂草鞋不太方便啊

草鞋破了已无用
挥手将它丢弃吧

步履蹒跚
步履蹒跚
光脚的小孩啊

眸子

大伙儿的眸子
都是有魔力的湖

橘树四周的围墙
和围墙外的街上
街上的马车和车夫
荞麦地和梧桐树
青青的远山
和白白的云朵
都变得小小的
映入了
乌溜溜的双眸

大伙儿的眸子
都是有魔力的湖

女　王

若我成为女王
定要召集起
全国的糕点铺
让他们用糕点
将我的城堡修筑
我要独坐高位
品尝墙里的饼干
将各条律令颁布

首先要颁布的律令是
“不能将孩子
独自留在家中”
这样的话
就没有孩子
如我一般孤单了

接下来颁布的是
“在我的地盘
孩子们的皮球
都不能大过我的”
若真能如此
我就不用再要
更大的皮球了

沙之国

此刻的我
是沙之国的君主了

无论是高山低谷
还是原野与江河
皆随我心来改变

那童话世界里的君主
怕是也不能
如此随心打造
自家的山河吧

此刻的我啊
实在是个杰出的君主呢

全世界的君王

将全世界的君王叫到一起
告诉他们
今日是晴好天气

将全世界的君王叫到一起
他们定会
比当上一国之君还要欣喜

皇宫如此之大
他们互不相识
今日天气如此之好
他们亦不得而知

将 军

若是有朝一日
我登上了将军之位
这个街区里的那些
欺软怕硬的孩子
要是对我不敬
我就高昂着头
“驾、驾、驾”
骑马去教训他们

若是有朝一日
我登上了将军之位
田间的稻草人
要是对我失敬
我亦会不失礼貌地
回击它们

若是有朝一日
我登上了将军之位
我的爸爸
要是斥责了我
我会让他
骑到我的马上

那些已失去的东西

盛夏海岸边
弄丢了玩具船
一艘小小的船
它已启程返回玩具岛
在朦胧月色中
返航到五彩石之岸

那一天
和阿丰拉钩上吊
明明已经约定好
如今无奈
再见不到
她已回到了天国
在点点莲花丛中
受到天使的庇佑

除此之外
昨天晚上
扑克牌里板着脸的大胡子君王
已回到了扑克牌世界
在雪花纷飞中
受到小兵的护佑

那些已失去的东西
齐齐回到了
各自的故乡

孤单的公主

因为王子英勇的拯救
公主终于回到了城堡

城堡依旧是老样子
玫瑰花依旧在盛放

可公主觉得莫名孤单
日复一日凝望着蓝天

(魔法师纵然令人生畏
但已被变作鸟儿
拍打着亮白双翼
飞往遥远的天际)

街道上花瓣零落
城堡中盛宴长歌
公主忍受着孤寂
独立于黄昏园圃里
她无视玫瑰的娇艳
抬头凝望着天际

公主和我

千里之外的国度
远方的公主
与我有着
相同的模样

为了摘下一朵
红红的玫瑰花
公主的手被割破
不幸去世了

为了将国王
从悲痛中救出
丹心一片的大臣
决心找到一个
公主模样的姑娘

大臣即刻出发
身骑白马
马蹄嗒嗒

大臣并不知晓
我身在何处
身骑白马
寻遍海角天涯

我总能听闻
嗒嗒的马蹄声
却不明了
大臣是在
找寻着什么

鱼公主要出嫁

鱼公主就要出嫁
彼岸小岛迎娶她

送亲队伍长又长
直达小岛上
闪耀着银光

皓月悬于小岛上
投下了迎亲的灯笼光

浩浩荡荡的队伍啊
逶迤前行海面上

山丘之上

湛蓝天宇头顶覆
青翠小草脚底踩

看到童话故事里
光彩照人小公主

不过她那金色的皇冠
却比湛蓝天宇小很多

她那华丽的金鞋子
无法和草儿比柔软

湛蓝天宇头顶盖
青翠小草脚底踩

山丘之上有个我
有个完美小公主

无形的城堡

密林狩猎到夜幕
我和看不见的仆人
归至那看不见的城堡

荒野中看不见的牧羊人
在遥远的地方
吹响了看不见的笛
唤来了看不见的羊群

那城堡看不见
在密林后面
透过城堡的金色之窗
看不见的灯火闪闪发亮

小小的王子正是我
骑在看不见的马儿上
看不见的铃铛
正叮当作响

渔夫之子

驾船出海去打鱼
当我长大成人时
风微浪稳的一天
滩上石子来相送
勇气孤寂涌心间

我要前往一座岛
却遭狂野的风暴
七天之后的拂晓
总算抵达了那座
梦想中的小岛

我将写下一封信
于我独自搭建的木屋中
我独自采回红浆果
正在津津有味地尝着
我将如此写道

致远在日本的友人们
（对的
定要记得带信纸
定要记得带信鸽）

然后我将期盼着
那些总是欺负我的
城市的小孩们
全来找我玩耍
探访我那小红船

是的
我将期盼着
如此刻这般静静躺着
凝望天宇和瀚海

大海之子

大海之子已被寻到
就在那高大的礁石之上

海螺之子已被寻到
他们俩是好伙伴

大海之子很调皮
海螺之子很乖巧

娃娃、潜水员和月亮

原野上有娃娃摘着花
归家路上
他又抛散了那些花
到家之时
丢掉了所有采摘的花

大海中潜水员摘着珊瑚
浮上水面
放入船中
复又独自潜入海中
回到岸上
他的身上空无一物

夜空里月亮拾着繁星
十五之后
又将繁星撒回天际
到了月底
两手空空

海的洋娃娃

硕大的珍珠球
千奇百怪的贝壳与珊瑚
如此种种
人鱼公主已不再喜欢

她流泪念叨着想要那
想要那
陆地上孩童手里的
黑瞳洋娃娃

爱女心切的人鱼母亲
将一艘船击沉到海里
抢走了船上孩童的洋娃娃

人鱼公主一见到那洋娃娃
便企盼去到远岸的新世界
终究弃海而去了

洋娃娃躺在海里
在海藻轻柔的摇篮里
安然入睡
做起了梦

登陆大地的人鱼公主
舍不得家园
化作了一只小海鸥
立于礁石上

丝绸船帆

一国之君
下了命令
御用帆船的船帆
越薄越好

那就用淡紫色的丝绸
来做船帆吧
透过那船帆
能看见街景呢
美丽的船帆
在风刮过的时候
破掉了

一国之君又下令
船帆岂能有破洞

淡紫色的绸缎上
绣着君主的徽章
美丽的船帆
在风吹过的时候
带不走船儿
举步维艰

日 光

太阳派出的使者
一同自天际出发
路遇从南方来的风儿
风儿问大家
“此行为何事”

一位使者忙回应
“我去为大地播撒光明
让世人劳作顺利”

一位使者欢喜道
“我去催开千万花朵
让世间欢愉满堂”

一位使者和善答
“我去搭建拱桥一座
圣洁魂灵好通过”

末位使者孤寂地说
“我的使命是化身为影
方才与他们同行”

云之子

风之子
海之子
在一起玩

哪里有海
哪里就有风
它们在一起打架

可是啊
空中的旅行家
云之子
好可怜呀

被风追着跑
气都喘不上

那个小孩

——是谁夺走了那个小孩
——我要找那个小孩

——那个小孩去向了何方
——那个小孩去了我的故乡
——那个小孩是不听话的孩子
——纵然那个小孩是不听话的孩子

但是他的母亲
一直在这儿
等着他呢
想着他呢

花儿与朝圣的小姑娘

快点走吧

快点走吧

朝圣的小姑娘

驻足观望

满屋花色的

花店一家

快点走吧

快点走吧

朝圣的小姑娘

怔怔地望着

不知花名的西洋鲜花

忘了唱歌

凝神静气

织　布

以山为家的小姑娘
在织布机前坐着
从清晨到日暮
一刻不停地织着布
小姑娘心心念念——

把织好的布
送去山外的小店铺
让人们带回家
变身为漂亮的和服

以山为家的小姑娘
在织布机前坐着
似乎心无旁骛
只顾着将手中的线
一点点织成布

神　仙

以花为食的神仙
飞升至天界
故事戛然而止

我也吃起了花
红桃花微苦
紫云英微涩

若是以花为食
有朝一日
定能飞上天吧
而后又一次
吃下花一朵

可是夜晚已至
家中亮起了灯
我得回家吃饭了

编织的故事
第三辑

大大的字

请个人来
书写几枚大大的字
就用寺庙中
那支最大的毛笔

于天之东方
越大越好
书写下
“儿童王国”

初初爬上来的月儿
瞥见之后
定会吓一大跳
打起嗝儿来

回　声

我喊着“一块儿玩耍吧”
它也喊着“一块儿玩耍吧”

我喊道“坏家伙”
它也喊道“坏家伙”

我喊着“再也不和你一起玩耍了”
它也喊着“再也不和你一起玩耍了”

如此僵持不多久
我心落寞无人说

我喊道“对不起啦”
它也喊道“对不起啦”

是不是回声呢
不不不
全然不是啊

店铺游戏

杏树底下
三家店铺
做着不同的买卖
放着不同的货物
是各式树叶
未闻其名
怎么叫都行

杂食店里放着
乌龟饼干
鞋店里放着
多款木屐
鱼店里放着
比目鱼和加吉鱼

快来呀，开张啦
瞧一瞧，看一看
带上足够的石头币
快来买啊

三家店铺之上
杏花飘飘扬扬

猜谜题

猜呀猜，猜谜题
何物数量不胜数
偏又无法拿得起
海蓝蓝，水蓝蓝
一捧湛蓝全无影

猜呀猜，猜谜题
何物目光不可及
偏又轻松被拿起
夏日午后微凉风
小小团扇能给你

放河灯

昨天晚上
河中漂流的
小灯笼
摇曳着
漂往何处

向着西方
向着西方
直到漂至
大海和天空的
交汇处

今日
西方天幕
已绯红一片

滚铁环

飞奔在那条街上
飞奔在这条街上
铁环滚动嘎吱响
超过一辆人力车
超过一驾大马车
不停滚动追赶着
又超过了第三辆车
小城远远落在后方
嘎吱响着
滚向城外

田间小径
似与天空相连
嘎吱响着
滚向天边
夕阳西下
铁环被滚进晚霞
回家啦

海上初升的一颗星
头戴着铁环的模样
天文台上的博士们
大吃了一惊
“神奇的大发现
又一颗土星啊”

擦玻璃窗

爬到窗户上
擦起了玻璃窗

擦啊擦
看见那教室里
课桌长出了小草
上面有人赤着脚

草丛后藏着黑板
有人在为它上墨

上完墨的黑板上
山樱花
撒满每个角落

河对岸的小女孩
背着娃娃
慢慢步入了花丛间

玻璃上的影像无人知
我看着影像
亦无人知

男湯

洗 浴

如若避不开母亲
我便不喜欢洗浴
母亲老是拧着我
使劲地搓像刷锅

倘若自在一个人
洗浴深得我欢心
澡盆之中乐事多
心头最爱是
在那漂浮的木片上
重叠肥皂盒
早把缺口的香粉瓶
慢慢往上搁

（好似被可口饭菜挤满的
黄金桌
而我化身印度王
浸在红白莲花盛开的
华美浴池间
享用凉爽晚餐）

泡在浴盆里摆弄小玩具
其实母亲早已不许
偶尔邻院飞花瓣
飘进浴盆变小船
偶尔手指会变长
宛如魔法手一般

纵使无人知我心
但我总归爱洗浴

数 数

此时空中
云彩两朵
此时路上
行者五人

此去校园
五百六十七步
电杆九个

我那箱子
装有珠子
二百三十颗
七颗落地
不见踪迹

夜幕繁星
才数到
一千三百五十颗
还有很多

我偏爱数数
总把东西数啊数

数星星

伸出了十根手指
我在数
夜空中的星星
昨夜是这么多
今夜还是这么多

伸出了十根手指
我数着
夜空中的星星
数过来
数过去
都只有十颗

有没有藏好呀

——有没有藏好呀
——别急，再等下
枇杷树下
牡丹花间
是捉迷藏的小孩啊

——有没有藏好呀
——别急，再等下
枇杷树的枝叶里
郁郁葱葱的果实间
是鸟儿和枇杷果啊

——有没有藏好呀
——别急，再等下
蔚蓝天际之外
黝黑沃土之中
是夏和春啊

捉迷藏

捉迷藏时
自己躲了藏了
总能被寻到

他人躲着藏着
一直也寻不着

一直一直
寻不着

找人无休止
迷藏捉不完

天色已晚
想起了家
捉迷藏游戏
大伙儿玩着

捉迷藏游戏

太郎和次郎
都已藏好了
院中只剩下
一个孩子在找人呢
（向日葵换了个方向
过了大概五分钟啦）
太郎和次郎
都在做什么呢

一个爬上柿子树
青青柿子摘几颗
一个立于灶台旁
贪恋锅中饭菜香

那个找人的孩子
又在做着什么呢

一阵喇叭声
将他俘获啦
追着马戏团车队
跑出好远了

院中只剩下
梧桐树一棵
悄然矗立着
影子被斜阳
拽得好长好长呢

睫毛上的彩虹

擦了又擦
难过的泪珠儿
不住地涌落

抽泣着思量
我定然是
被收养的娃娃

我的睫毛上
悬挂起彩虹一道

张望着思量
今日的零食
都有什么呢

推　车

嘿呦嘿呦推着车
加油啊
好沉呢

上坡的时候
汗水滴落
溜进了大地

嘿哟嘿哟推着车
好了好了
变轻了

下坡的时候
石子们铺着
小格子花纹

嘿呦嘿呦推着车
凝视前方长长的路
红蔷薇盛放在身旁

抽陀螺

以前爱玩拍卡片
以前爱玩弹弹珠
如今在学校
都被禁止了

近来爱玩抽陀螺
再一次地
被禁止了

大伙儿偷偷地玩着
我偶尔也想参加呢

可是我猛然发现
石头和花草
已经禁止踩踏了

葬礼的游戏

来玩葬礼的游戏
来玩葬礼的游戏

小坚，你举经幡
小麻，你当僧人
我来拿美丽的花
咚咚敲响木鱼
南无阿弥陀佛

大人责骂了我们
大人生气得很呢

葬礼的游戏
葬礼的游戏
才一开始
就宣告结束了

去买零食

我没对妈妈说
我悄悄去买零食了
每次路过杂食店
我总是踱来踱去
犹豫再三

老板娘说的是京都方言
还会做无数美味的糕点
钱币银光闪闪
被紧紧握在手里面
而我的手心已出汗

赤　脚

黑黑的土地
很湿润

赤着的双脚
很干净

素不相识的小姐姐
替我系好木屐的绳

拉 钩

草场的最远处
红日落进了山里
倚靠在围栏处的身影
是头戴红花的千金
和家境清贫的牧童

“明天定要替我找到
七瓣的幸运草啊
找到就送来给我
我会回赠你
美丽喷泉一个”

“就这样约定了”
他们俩弯起手指
拉钩呢

草场的最远处
红日喃喃说道
“我真想
就这样躲在草里面
明天也不出现”

跑步比赛

每一次
参加跑步比赛
满眼尽是
小小校旗的
深深紫色

其他学校的操场
其他孩子的身旁
一不小心
摔倒在跑道上
校旗的紫色映入眼帘
让我眼前一亮

每一次
参加跑步比赛
满眼尽是
小小校旗的
深深紫色

绕 圈

大伙儿快来“绕圈圈”
绕着校门咕噜转
绕着树木咕噜转
绕着草堆咕噜转
手牵着手咕噜转

小小道路
空无一物
一个一年级的小孩
迎面走来
那就围住那个小孩吧

“绕圈圈”真好玩呀
“绕圈圈”真好玩啊

假名纸牌[1]

突如其来的动静
是孩童们在说话
“花儿的‘花’
在谁手里”

去接哥哥的途中
下起了淅沥小雨

闻声而望
窗户紧闭
灯光依稀

“好了吗
我要说下一个啦”

我继续走着
天色渐渐暗了

[1]假名纸牌：日本小孩常玩的识字游戏。——译者注

球　赛

白队赢了
白队赢了
大伙儿聚成一团
挥舞着双手
将“万岁”高喊
面对着红队
将“万岁”高喊

红队一言不发
秋日晌午
艳阳高照
红红的皮球
沾染着泥土
难为情地
在地上滚着

再比赛一次
老师的哨子响了
“万岁”声没了

拾刨花

朝鲜族的小孩
在捡拾什么呢
是紫云英的花
还是艾蒿的草呀
都不是，都不是
草未绿，花未开呢

朝鲜族的小孩
唱的是什么呢
是高丽歌曲吗
不是的，不是的
是日本的儿歌啊

朝鲜族的小孩
似乎开心极了
她是在拾刨花呢
在木材厂背后
那块空地上

拾起刨花
捆成一扎
用头顶着走回家
家中的妈妈
生着火，做着饭
等着爸爸

踏 步

云彩似蕨叶般飘悬而来
青空开始迎接春的降临

我独望苍空
我踽踽独行

我独自迈步远去
我独享盈盈笑意

我独自欢愉乐开怀
引得他人随笑起来

橘树枝头萌新芽
春回大地过小径

乒乓

泡完澡之后
换衣裳之时
二楼的磨砂窗上
映着几个
打着乒乓球的身影

在海滨之城
在春日夜晚
月亮正撑着
明媚的伞

从浴池出来
跟妈妈归家
浑身上下都透着
淡淡的皂香

木屐踩在地面上
乒乓、乒乓
脚踩木屐
行于路上
留下一连串
打乒乓球的声响

阿婆的故事

阿婆不再讲故事
那些故事
我真心爱听

我说“早已听过”
阿婆神色落寞
阿婆眼中藏着
山谷里的野玫瑰

很想念那些故事
若能再讲一次
五次、十次
我定会
静心聆听

奶奶唱的净琉璃

手拿针线的奶奶
偏爱给我讲故事
鹤、千松、中将姬……
都是悲壮的结局

奶奶给我讲故事
时而唱段净琉璃
每每回想皆心碎
悠悠曲调满悲意

许是在唱那
命途多舛中将姬
眼前总浮现
大雪磅礴整夜里

时光匆匆远离去
歌词已如云烟散
唯有那
悲伤曲调记心间

而今忆起那曲调
犹如冰水落心田
宛若那
纷飞雪花落耳畔

坏娃娃的歌

胆小鬼，不成器
抹着眼泪跑开去

胆小鬼，不成器
我们要找你妈妈去

你妈妈，很生气
还对我们发起了脾气

胆小鬼，不成器
你爸爸，不要你

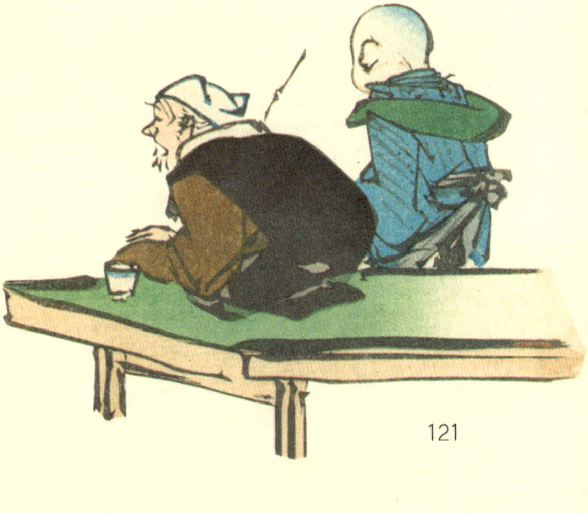

捕鲸的故事

海浪趁夜呼号
冬夜时候
烤着栗子
听着故事

遥远的过去
一众捕鲸之人
居住在这海边的
紫津渔村

海浪在寒冬中翻涌
风雪呼啸海面
捕鲸绳交织起雪花
翩翩起舞

紫红色的海岩
紫红色的小石子
紫红色的海水
染满鲜红的海岸

身穿厚重层叠的棉袄
立于船头认真遥望
只待鲸鱼停止挣扎
即刻褪去衣裳
赤身跃入怒涛
那些遥远时代的渔夫们——

听闻这故事
激动不已
如今鲸鱼不再光顾
渔村渐渐衰落

波涛还在呼号
捕鲸的故事已完结
幡然醒悟——
冬夜已深

故事中的君王

故事中的君王
和侍者走散了

夜幕渐渐笼罩在
故事中的大森林
君王独坐炉火边
心中凉凉无暖意

雪花落入了森林
无人伺候的君王
心中满怀着凉意
定是孤单无助吧

编织的故事

美丽壮阔的原野
闪烁着银光的湖
湖岸精美的殿堂中
住着一个小女王
（那湖水被施了法术
变小的女王正是我）

小女王背后伫立着一排侍女
（同样是被施了法术
被变小的我的小伙伴们）

小女王跟前有位大胡子管家
（是被施了法术的我的老师）

金色的钟嘀嗒地响
小女王坐在花瓣里
开始品尝甜美的花蜜

我编织的这个故事
被大人们说很幼稚
心里的落寞
无人可识

火 灾

远处有火灾
大伙儿却依然
心无旁骛地
玩闹打仗

扑灭火了
扑灭火了
有人匆忙赶来
小小“工兵”
找出了敌军安置的“地雷”

胜负已分
大伙儿却依然
站在道旁争论

扑完火的消防队
从这里路过
按着喇叭
离开了

大伙儿无言地看着
黑漆漆的消防车
渐行渐远
天边的月亮升起来
如同一把硕大的伞

瘤　子

——民间传说之一

脸上没有长瘤子的
善良的老爷爷
日子过得很孤单

脸上长着两个瘤子的
凶恶的老爷爷
天天都在掉眼泪

善良的老爷爷
探望他说
哎呀呀
真可怜
不如跟我出去玩玩

山边走来两个人
脸上长着一个瘤子的
善良的老爷爷
脸上长着两个瘤子的
凶恶的老爷爷
都在呵呵直笑呢

《竹取物语》[1] 中的小姑娘

——民间传说之二

竹子里生出来的小姑娘
来到了月亮上

月亮上的小姑娘
夜夜俯瞰下界
流着眼泪
悲伤惆怅

小姑娘想念家乡
万般愁绪
无知的人们
看她可怜
为她落泪哀伤

月亮上的小姑娘
夜夜凄泣
下界的万物
瞬间变了模样

小姑娘的爷爷
还有奶奶
都离开了人世
无知的人们啊
渐渐将她遗忘

[1]《竹取物语》是日本文学史上第一部以假名写就的作品，创作于10世纪初。——译者注

一寸法师

——民间传说之三

一寸法师变了模样
一寸法师当了大官

一寸法师骑在马上
将队伍带回了家乡
甚是风光

爸爸和妈妈
心中乐开了花
爸爸用火柴盒
做了顶轿子
妈妈从原野上
请来了轿夫
是仓鼠十二只

匆忙赶到村口
迎接前来的队伍
村中热闹非凡
人人都在问
来者是何人

一寸法师变了模样
一寸法师当了大官

海龙宫

——民间传说之四

海龙宫
翡翠建
莹莹蓝光如月般
小龙女独坐在宫殿
整日看海怔怔然

浦岛太郎已离开
浦岛太郎已上岸

海中的世界
岁月静好安然
红红的海藻
随波起舞翩翩
紫色的身影
浅浅淡淡
长长短短

尘世过去一百年
小龙女依然
独坐在宫殿
默默守候
孤孤单单

小麻雀的家

——民间传说之五

麻雀的家
迎来了春天
屋檐下面
萌出了小草芽

初生的小麻雀
还说不了话
握着小手埋着头
泪珠儿滴答滴答

麻雀爸爸从河畔
买来新衣好赏花

麻雀妈妈从河畔
购得年糕好赏花

即便如此
小小麻雀依旧是
泪珠儿滴答滴答

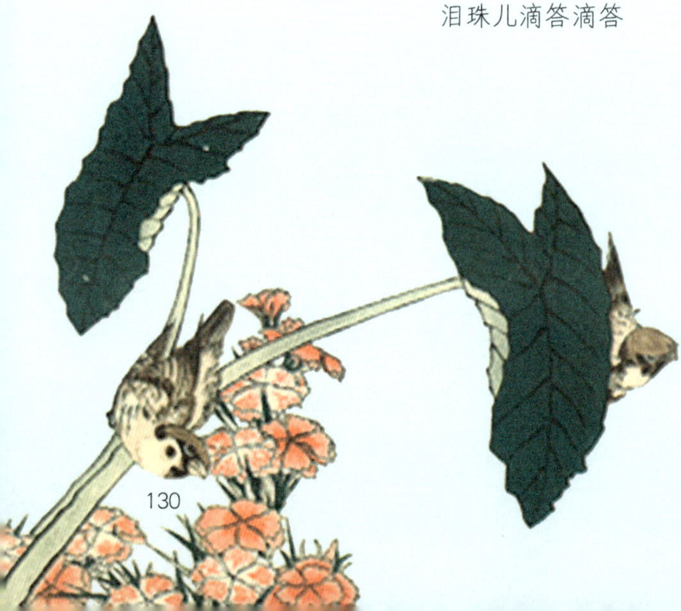

长 梦

昨日今朝皆是梦
旧年客岁亦如此

忽然之间
从梦中苏醒
猛然发现
自己是乖乖婴孩
正躺在母亲怀里

若真如此，若真如此
我定会开心无比

无法遗忘
这个长梦
誓要做个
好孩子
就从明日开始吧

从梦中到梦中

一寸法师身在何处
一寸法师身轻如燕
从这个梦中
跃入那个梦中

白天的时候
他身在何处
白天的时候
他跳跃在午睡的
孩童的每一个梦中

如果不做梦
他身在何处
如果不做梦
他无影无踪
可是啊可是
怎能不做梦

幻灯片

是之前做过的梦
还是别的什么呢

拂晓之时
好似幻灯片一张
浅浅的
神秘的
惹人惦念的
淡蓝光景

如同那
忽隐忽现的
双眸透出的
和蔼目光
一见如故

是之前做过的梦
还是别的什么呢

金米糖做的梦

金米糖啊
它做了个梦

在暖春乡间的
糖果小店
玻璃小瓶中
它做了个梦

它做了个
开着玻璃船
漂洋过海
来到瀚海之尽
于寥廓苍穹下
化作晚星
的梦

梦的列车

熟睡的孩童上了车
列车驶出了
是梦开始的地方

列车途经梦的王国
驰骋在五彩石子铺就的大地上
驰骋在红色铁道的中央

月光皎洁
云霞绯红
玻璃塔尖
一颗皓白的星
闪烁着光芒

无边光景掠过车窗
梦结束的地方列车已到达

梦的王国礼品多多
却无人可以偷偷带离
如何前往梦的王国
唯有梦的列车能做到

梦 郎

新的一年到了
梦郎将新年美梦挑起
沿街叫卖

满载珍宝的船儿
将新年美梦送达
堆叠起来的美梦啊
高如山峰

满怀善意的梦郎啊
为后街里那些
无力购买美梦的孩童
偷偷搁下了美梦
方才轻轻离去

如梦似真

倘若梦为真
真为梦

如此该有多美妙
梦里自由
无拘无束
如此该有多美妙

白昼耗尽暗夜来
我亦并非公主身

明月用手摘不得
百合花蕊进不去

时针右转是真理
生命逝去不再还

世间若真无拘束
如此该有多美妙
偶尔梦中以为真
如此该有多美妙

深山孩童之梦

深山幽闭处
温泉街上的小客栈
店家之女
在梦中
望见了浩瀚的海

圆圆润润
重重叠叠的
红色海波

成群结队
金银两色的
白鸰鸟啊

醒后独自思索
孤寂忽然来袭
不过是手提箱中
那把羽扇而已

一座座山

街后面有小山一座
小山后有村落一个
村后还有大山一座
大山后面又有什么
我也就不清楚

要越过多少座大山
方能来到黄金城堡
——如梦中所见那样

知更鸟的城市
第四辑

蝈蝈爬山

蝈蝈在爬山
一早便启程
嘿哟嘿哟
吭哧吭哧

太阳已从山里爬起
原野露珠还未散去
蝈蝈高高跃起
满身精力
嘿哟嘿哟
吭哧吭哧

高山之巅是清秋碧空
触碰到了蝈蝈的胡子
清凉无比
嘿哟嘿哟
吭哧吭哧

蹦蹦跳跳不停息
使出全身的力气
昨日夜里见到的
遥远的天边星际
我也定能爬上去
嘿哟嘿哟
吭哧吭哧

太阳远在天边
四周寒气来袭
高山依旧遥远
嘿哟嘿哟
吭哧吭哧

那朵白色桔梗花
似曾相识
难道是昨晚
落脚的客栈
嘿哟嘿哟
吭哧吭哧

月儿爬上了山肩
寒夜为原野洒下夜露
不如饮上一口
好好休憩一番
嘿哟嘿哟
吭哧吭哧

蟋　蟀

蟋蟀的腿
折了一条

欺凌它的那只猫
被我追赶上
被我责骂了

秋日的阳光
对此一无所知
光芒万丈

蟋蟀的腿
折了一条

鹎越[1]

鹎越那处绝壁之上
蚂蚁的军队正在作战

被攻打的平氏队伍
是被我丢弃的梨核

山顶茶馆
晌午过后
松叶摇曳
蝉声不绝
蚂蚁的军队
轻松地攻破了
梨核的堡垒

[1] 鹎越：日本古地名，1184 年，源氏军队和平氏军队在此处对垒，平氏军队败北，此战即日本历史上的“一谷之战”。——译者注

喜　蛛

喜蛛一早便垂下
心里一早乐开花
今日定会赴约吧

妈妈并不晓得
爸爸还在世上
只是住得偏远

我要快点梳好头发
穿上心爱的衣裳
乘上那驾红马车

红马车行经的小道上
白色芒草遍地长
小小野菊朵朵开

小村里旗帜飘扬
庙堂前钟声嘹亮
树林间潮湿无光

晚霞退出天际之时
就能望见远方
城堡般的大屋子吧

爸爸迫不及待
从屋里冲出来
我也将跳下马车飞扑过去吧

我喊着“爸爸”
哦，不是这样
我该是欲言又止吧
那是因为
那是因为我喜出望外了

心里一早乐开花
喜蛛一早便垂下
今日定会有事发生吧

沙漠商队

漫无边际的沙漠之中
拖着长长的黑影
行色匆匆的队伍
他们是沙漠商队
——骆驼黑黑的
有着六条腿[1]

炎热无比的沙漠
一百里之外的南方
是海洋
一百里之外的北方
是椰树林
——椰树盛开的花朵
是海岸边上的文殊兰

沙的丘，沙的谷
漫无边际的沙漠
黑色的队伍
风尘仆仆
那是沙漠商队
——炎热无比的沙滩
一支黑蚂蚁的小队伍

[1] 六条腿：诗人将蚂蚁比喻为骆驼，蚂蚁为六条腿，因而称本诗里的骆驼为六条腿。——译者注

我的蚕宝

在那小小箱子里
我的蚕宝正熟睡

玩偶纵然乖巧
却不能讲话，也不会动

蚕宝发出了动听的声响
咀嚼着鲜嫩的桑叶

一会儿便结出七个厚茧
剥出七股闪亮的银丝

编织一件小姑娘的衣裳吧
绚丽如彩虹一样

乖乖地嚼着桑叶的
我的蚕宝

蚕茧和坟墓

蚕宝宝终将
进到蚕茧中
那狭小逼仄的蚕茧中

然而蚕宝宝
定会很兴奋
一朝终化蝶
四海任遨游

人终究是要
去到坟墓里
那幽暗孤寂的坟墓里

好在乖宝宝
会生出羽翼
化身为天使
远飞无人知

蝉　衣

妈妈啊
房后树影之中
落了一件
蝉的衣裳

蝉定是热急了
才会褪去它吧
褪去后
忘穿上
便离开了

待到日暮时候
蝉定会觉得寒冷
我们快快将它
送去失物招领的地方吧

骤雨蝉鸣

列车窗户之外
骤雨般的蝉鸣

一段孤寂的旅程
夕阳西下
合上了眼眸
在那眼眸里
有金银两色的
百合花

打开眼眸
列车窗户之外
未知的山岳丘陵
沐浴着晚霞

刚驶过
耳畔再次响起
骤雨般的蝉鸣

沉默的蝉儿

唠叨的蝉儿在歌唱
从清晨唱到了日暮
为人所见之时唱着
一直唱着相同的歌

沉默的蝉儿在写歌
静伏在树梢写着歌
无人所知之时写歌
写着从未被唱过的歌

（莫非它还不晓得
秋意已来袭
枯叶落于地
终将朽败吗）

蚊子的歌

嗡——嗡——
树荫底下有辆宝宝车
宝宝酣睡着
可爱得很呢
请允许我亲吻一下
他那小小的脸蛋吧

哇——哇——
哎呀呀
宝宝哭起来
守护宝宝的人呢
采花去了吗
就让我去对他说
我就要离开了
就在他耳畔

啪——啪——
哎呀呀
差一点
真可怕
一个巴掌忽然袭来
哎呀呀
幸好小命还在啊

嗡——嗡——
家在草丛间
潮湿又昏暗
不过最好归去了
归去，归去
依偎着妈妈睡个觉

小蜂和神灵

小蜂藏在花丛间
花儿藏在小院内
小院藏在矮墙里
矮墙藏在小镇上
小镇藏在日本国
日本藏于世界上
世界藏于神灵里

所以啊，所以啊
神灵就
藏在小蜂那里呢

狗的故事

家中大丽花盛放的日子
居酒屋的小黑离开尘世

我们常嬉闹于居酒屋前
那个总呵斥我们的婆婆
此刻泪流满面

那日的校园
玩笑着提起这事
言谈之间忽而伤感

狗和白鸟

狗的叫声
我很不喜欢

白鸟的叫声
是我的最爱

我哭泣时的声音
更像谁一些呢

老母鸡

荒野之上
站立着
老母鸡一只

她时刻惦记着
被卖掉的小鸡们
如今生活得如何

荒草丛生
夹杂着大葱几株
竟也结出了种子

白色的老母鸡
不是很干净
她站在荒野上

集市上的马儿

来自山里的马儿
在酒铺后小憩
来自镇里的马儿
在鱼店前暂息

来自山里的马儿
急匆匆地进了城
放下货物后
返回了山林

来自镇里的马儿
惹人怜惜
背着重重的鱼
向更远的集市赶去

来自镇里的马儿
被训斥着
被拖拽着
向更远的集市赶去

盲　马

疲惫不堪的马儿
眼睛看不见了
疲惫不堪的士兵
在马背上趴着

盲眼的马儿
驮着昏睡的士兵
穿过荞麦地
误入红蓼田
一头撞在了
朴树的身上

疲惫不堪的马儿
流着眼泪不肯走
疲惫不堪的士兵
流着眼泪将它劝

牛　犊

一二三四
在火车道口
数着火车
五六七八
八号车厢里
载满牛犊

那个车厢里的牛犊
将要被卖去何处
黄昏中的道口
迎着阵阵冷风
火车飞驰而去
我们齐齐目送

在夜里
小牛犊们该如何入睡
牛妈妈不在左右
小牛犊们
要去向何处
小牛犊们
究竟要去向何处

大 象

梦想骑上一只大象
梦想去到印度国

若是遥不可及
惟愿变小一些
骑骑玩具大象

若是变小一些
油菜花和青麦的田地
便是大大的森林

那里追赶我的大怪兽
是比大象还大的鼹鼠

入夜后睡在云雀的小巢
在大森林里住上一周

收获颇丰
于大森林里凯旋
紫云英夹道相迎
驻足凝望天空
美好得无法形容

象鼻子

胖胖的
胖胖的
高山之巅
有一只白白的大象

胖胖的
胖胖的
晴空之上
白象伸着鼻子
蔚蓝天际之间
象牙又细又长

胖胖的
胖胖的
象鼻伸得越来越长
伸到了遥远的地方
触不可及啦

晴空渐渐暗下
静谧天际之间
触不可及的象牙
泛起了微微白光

无家的小鱼

鸟儿把家安在了枝头
小兔把窝搬进了山洞

牛住在棚子里
羊睡在稻草上
蜗牛一直背负着壳

它们都有自己的家
能够夜夜睡在自家中

然而小鱼又有什么
无掘洞的手
亦无壳可栖
更无人替它建房搭屋

小鱼无家可归
在海潮汹涌的夜里
在孤寂寒冷的晚上
不得不整夜游荡

青空之鱼

池中鲤鱼为何跃起
是不是想变成巨大的鲤鱼旗[1]
飘扬在湛蓝天际
巨大的鲤鱼旗
只能今天挂
明日即会被取下
被收纳

把希望寄托于虚妄
不如去跳
去升腾
去遥望

你那方池水之底
倒映着青空之云
你在云中畅游
你是青空之鱼
你可知晓

[1] 鲤鱼旗：在日本传统中，农历五月五日为男童节，节日期间人们会在院子里挂起鲤鱼旗。从明治时期开始，节日被改为公历纪日。1948年，日本正式将每年的5月5日定为儿童节。——译者注

小鱼的春天

海藻抽出了小芽
海水被染上了绿

天空之城也该有春的气息了吧
抬头望去光芒耀眼
飞鱼叔叔振翅而行
掠过那片耀眼天际

在抽出小芽的海藻里
大伙快来玩
捉迷藏的游戏

小鱼儿

海底小鱼儿惹人怜
农夫精心种稻米
奶牛圈养牧场里
麦麸留给池中鱼

然而深海小鱼儿呢
未曾得到过照料
从未做过坏事情
无辜成我腹中食

海底小鱼儿
实在惹人怜

金 鱼

月儿在呼气
呼出了
令人惦念的柔美月光

花朵在呼气
呼出了
馥郁流转的纯净花香

金鱼在呼气
呼出了奇珍异宝
宛如惹人怜惜的童话姑娘般

金鱼墓

这片土地
幽幽暗暗
冷冷清清
金鱼所看何物
它在看那夏池水草花
还有那摇曳生辉的影

这片土地
清清静静
安安稳稳
金鱼所听何音
它在听那雨夜中
轻踩着落叶的脚步声

这片土地
凄凄惨惨
惨惨戚戚
金鱼惦记何人
它在惦记那鱼贩担子中
相识已久的朋友啊

小青蛙

不讨喜的小孩
不讨喜的小孩
不管何时何地
我都被人讨厌

天不下雨
小草便说
“你为何不叫啊
懒惰的小青蛙”
天要不要下雨
我又如何会知道

天下雨了
孩童们又说
“因为小青蛙在叫
所以天就下雨啦”
捡起小石子砸我
我只好东躲西逃

真不幸，真憋屈
为了争口气——
“快下雨啊快下雨”
一个劲儿地叫不停

然而天空收起了雨
一道彩虹
挂上了天际
——太不讲理啦

海螺家

海之晨
沙之路
咚咚敲门声
“送奶来了
海豚奶要吗”

海之午
海草间
叮咚作响
“最新消息
鲸鱼被困在网中央”

海之夜
礁石后
咚咚敲门声
“电报来了
事关重大快开门”

屋里悄然无声
是染上了风寒
还是睡得昏沉
海螺家大门紧闭
一整天
悄然无声

水　马

不见了，涟漪
一个、两个、三个
涟漪，不见了

若水面泛起
涟漪七个
魔法便如泡沫
再也不见了

被池中神仙封印的水马
成了如今这般模样

昨天和今天
池水湛蓝
云影投映水面
一如从前

涟漪
一个又一个
渐渐
不见了

小野鸭没有妈妈

皓白月儿
结出了冰凌
点点冰雹
敲打着落叶

皓白月儿
结出了冰凌
就连池水
也覆上了冰

点点冰雹
没完没了
躲在云后的
月儿啊

没有妈妈在身边
小野鸭啊
如何才能
温暖入眠

鸽子的眼睛

我想要得到
一只鸽子
我想要拥有
一双鸽子的眼睛

若我能拥有一双
如此好的眼睛
那么
纵然和母亲居于城市
依然能望见
乡村的山林
还有大小各异的飞鸟
还能看清
海上的小小岛屿
还有礁石下的鲍鱼

望见落日余晖中的天际
还有彩云之上的仙子

若我能拥有一双
如此好的眼睛
我会乖巧地守着母亲
望呀望
各种各样的东西

蔬菜小店的鸽子

大大的鸽子
小小的鸽子
一共是三只
在那蔬菜小店顶上
嘴里喊着“咕咕咕”

茄子身穿紫红袍
卷心菜披绿外衣
草莓罩着红斗篷
个个显得水灵灵
该买哪个呢

视而不见的白鸽啊
嘴里喊着“咕咕咕”

小小麻雀

我时而会思索

我要喂小麻雀吃美食
令其温顺
为其取名
让其栖于我肩臂
随我同去四处玩

然而我不久便忘脑后
只因欢愉之事实在多
于是遗忘了小小麻雀
直到晚上才记起
只因入夜不得见
小小麻雀的身影

我时常会思索
倘若小小麻雀知我意
定会久等
满心焦急

我实在是个坏小孩

麻雀妈妈

一个小娃娃
捉到小麻雀一只

娃娃妈妈微微笑
望着娃娃
将那麻雀玩

麻雀妈妈飞过来
落在了屋檐

麻雀妈妈不再飞
沉默不语
将那娃娃看

小麻雀之墓

想为小麻雀
修建墓一座
在上面书写
“小麻雀之墓”

风儿掠过时
忽然笑了
静静用衣袖
把文字擦掉了

滂沱大雨后
小麻雀的坟
消失无影踪
只剩下满地
洁白的沈丁[1]
“小麻雀之墓”
建也不好
不建也不好啊

[1] 沈丁：又名瑞香，早春开花，香味浓郁。——译者注

燕

燕子嗖地窜上天
将我的目光引向了
悬着斜阳的天幕

我看到
如胭脂般
绚烂的霞光

此时方知
春日已至
燕归来

燕妈妈

噗的一声窜出去
迅速盘旋了一圈
继而又飞了回来

噗的一声窜出去
翅尖画出弧线
继而又飞了回来

噗的一声窜出去
冲入深巷里
继而又飞了回来

不停尝试着窜出去
不停尝试着窜出去
但终究无法安心

无法放下
那巢中的
燕宝宝

海　鸥

日日都奔涌向岸的
绵远不断的海浪啊

刚翻涌上岸的那个海浪
是从何处赶来呢

现在渐渐消退的那个海浪
又将退向何处沙岸呢

浮游于浪峰的海鸥啊
想必你都知晓吧

若你大方对我讲
下次庙会我定带你去观望

海与海鸥

在我眼里，海水湛蓝
在我眼里，海鸥洁白

然而眼下
这片海和海鸥的羽翼
皆沉郁如灰

人们自以为是
事实绝非如此

以为天为蓝
以为雪为白

人们以为
眼见为实
事实绝非如此

鸢

鸢在青空里缓慢地
用羽翼勾画出一个圈
在那圈里
找着什么东西

透过圈朝海面望去
那里游动着十万沙丁鱼
透过圈朝大地望去
那里躲避着一只小老鼠

鸢在青空里缓慢地
用羽翼勾画出一个圈
透过圈
抬头仰望
我见到那白昼间的
一枚弯月

鸟儿筑巢

鸟儿啊鸟儿
你拾何物筑新巢
稻草麦秆来筑巢

鸟儿啊鸟儿
它们于你不适合

应选何物来筑巢

青丝闪亮如尔羽
黑丝明亮如尔目
红丝清亮如尔喙
三色蚕丝为你用
去编织
去筑巢
筑出一个三色巢

知更鸟的城市

来自城市的女孩说

身居山林的知更鸟啊
风儿轻拂过
树叶沙沙响
这是多么的寂寥
不如随我
去到城市吧
夜灯阑珊美如花
影院正放着
好玩的电影呢

身居山林的知更鸟说

来自城市的女孩啊
我的家很好呢
每一棵大树
都是我的家
夜空星星美如花
风儿轻拂过
树叶沙沙响
叶子们正在
翩翩起舞呢

鹤

神社里的池塘
丹顶鹤一只
甚是俏丽

你眼中的世界
都落在了一张网里吧
不管是明亮的天宇
或是我的小小模样

神社里的池塘
丹顶鹤
甚是俏丽

落在了一张网里
在它轻展羽翼之时
山的那面
驶过了火车一列

金子美铃的一生

1903 年 4 月 11 日，金子美铃出生在日本山口县大津郡的仙崎村，也就是现在的山口县长门市的仙崎，家人为她取名为金子照，小名阿照。除了她以外，当时家里还有父亲、母亲、祖母和哥哥坚助。

1905 年 2 月，弟弟正佑来到了这个世界上。

1906 年 2 月，31 岁的父亲离世，那时她只有 3 岁。那个时候，她姨父上山松藏一家在经营连锁书店，名为“上山文英堂”。于是，在姨妈的帮助下，失去了经济支柱的金子一家，在当地开了家分店。

1907 年 1 月，弟弟正佑被过继给无儿无女的上山松藏家，成了上山文英堂的继承人。

1910 年 4 月，她进入濑户崎寻常小学就读。在校 6 年间，成绩出类拔萃，全部是“甲”。

1916 年，春天的时候，她以优异的成绩进入了郡立大津高等女子学校。

1918 年，秋冬之交时，姨妈去世了。

1919 年 8 月，其母和上山松藏结婚，并更改了户籍，这样一来，她家里就只有三个人了。

1920 年，她从女子学校毕业，当时老师建议她去师范学校研习，这样以后可以从事教职行业，然而她并没有接受。之后，她经常去下关探望母亲和弟弟。

1922 年，哥哥坚助有了自己的家。于是，在母亲的劝说下，她来到了下关，和母亲及弟弟住在一起。

1923 年，她在上山文英堂的一家分店做店员，同时开始创作童诗，署名为金子美铃。9 月的时候，《童话》杂志发表了其作品《小鱼儿》和《幸运的小槌》；《妇女俱乐部》杂志发表了《小云》；《金星》杂志发表了《蔬菜小店的鸽子》。

1924 年，她陆续发表了作品《沙之国》《美丽小镇》《小燕子的笔记本》《小石子》《小小庭园》《蚊帐》等。

1925 年，她创办了童谣诗会，并开始筹备自己的童诗集。这一年发表的作品主要有：《土》《杉木》《紫云英之歌》等。

1926 年 2 月之时，她结了婚，其夫同为上山文英堂的店员。3 月的时候，著名诗人西条八十[1]加入了她的童谣诗会。在 11 月里，她迎来了女儿房江。这一年，在童谣诗会的统筹下，其《日本童诗集》顺利出版。另外，她还发表了《露珠儿》《有没有藏好呀》《气球》等作品。

---

[1] 西条八十：1892—1970，日本诗人，擅长写儿歌。出生于东京，毕业于早稻田大学，曾在东京大学国文科研习。他的诗歌充满了幻想，风格明快。——译者注

1927 年，她见到了西条八十。同年 8 月，祖母去世。这一年，她陆续发表了《女儿节》《芝草》《泥淖》《金鱼墓》等作品。

1928 年，她发表了作品《玫瑰根须》《雪花》和《日光》等。

1929 年，从夏至秋，她整理出三本童诗集。后半年，她将女儿平日里的絮语编辑成册。这一年，她发表的作品主要有：《小小麻雀》《羽绒被》《葫芦花》等。

自 1930 年 2 月开始，她不再搜集整理女儿的语录，随后和丈夫分居，继而离婚。3 月 10 日，她在书店内结束了自己短暂的一生。

看万物生长

图书在版编目（CIP）数据

天堂里的妈妈 /（日）金子美铃著 ；白雪译．-- 北京 ：中国妇女出版社，2020.6
(金子美铃诗歌全集)
ISBN 978-7-5127-1834-0

Ⅰ．①天… Ⅱ．①金… ②白… Ⅲ．①儿童诗歌－诗集－日本－现代 Ⅳ．①I313.82

中国版本图书馆CIP数据核字(2020)第017486号

天堂里的妈妈

作　　者：〔日〕金子美铃 著　白　雪 译
责任编辑：应　莹　闫丽春
封面设计：粉粉猫
责任印制：王卫东
出版发行：中国妇女出版社
地　　址：北京市东城区史家胡同甲24号　　邮政编码：100010
电　　话：（010）65133160（发行部）　　65133161（邮购）
网　　址：www.womenbooks.cn
法律顾问：北京市道可特律师事务所
经　　销：各地新华书店
印　　刷：华睿林（天津）印刷有限公司
开　　本：185×205　1/24
印　　张：8.5
字　　数：180千字
版　　次：2020年6月第1版
印　　次：2020年6月第1次
书　　号：ISBN 978-7-5127-1834-0
定　　价：49.80元